AF346397

CATALOGUE

DE

TABLEAUX

ANCIENS & MODERNES

PROVENANT DE DIVERS AMATEURS

VENTE PUBLIQUE

A VALENCIENNES

A L'HOTEL DE VENTES, 2, PASSAGE BOCA

JEUDI 6 ET VENDREDI 7 MARS 1884

à une heure et demie précise

Me Pierre CARPENTIER   M. J. DE BRAUWERE

COMMISSAIRE-PRISEUR   **EXPERT**

2, Passage Boca, 2   Bruxelles - Valenciennes

EXPOSITION : 4 et 5 Mars, de midi à 5 heures.

VALENCIENNES

IMPRIMERIE VEUVE ED. PRIGNET, LACOUR ET Cie

11, Rue de Mons, 11

1884

CATALOGUE

DE

TABLEAUX

ANCIENS & MODERNES

PROVENANT DE DIVERS AMATEURS

VENTE PUBLIQUE

A VALENCIENNES

A L'HOTEL DE VENTES, 2, PASSAGE BOCA

JEUDI 6 ET VENDREDI 7 MARS 1884

à une heure et demie précise

M° Pierre CARPENTIER	M. J. DE BRAUWERE
COMMISSAIRE-PRISEUR	**EXPERT**
2, Passage Boca, 2	**Bruxelles - Valenciennes**

EXPOSITION : 4 et 5 Mars, de midi à 5 heures.

VALENCIENNES

IMPRIMERIE VEUVE ED. PRIGNET, LACOUR ET Cⁱᵉ

11, Rue de Mons, 11

1884

CONDITIONS DE LA VENTE :

La vente se fait au comptant avec augmentation de dix pour cent applicables au frais.

L'exposition mettant les amateurs à même de se rendre compte de l'état et de la nature des objets, il ne sera admis aucune réclamation, aussitôt l'adjudication prononcée.

L'Expert dirigeant la vente se charge des commissions d'achat pour les personnes empêchées d'assister à la vente, mais sans accepter aucune responsabilité de ce chef.

CATALOGUE

10 — **Bout** et **Boudewyns**. — Paysage boisé et voyageurs.

11 — **Brauwer** (D'après). — Rixe de paysans.

12 — **Brauwer** (D'après).—Trio de musiciens flamands.

13 — **Breenberg**.—Paysage ; troupeau passant un gué.

14 — **Brekelenkamp**. — La marchande de gibier et de fruits.

15 — **Brekelenkamp**. — Intérieur de cuisine : une cuisinière tient un canard ; carottes sur une table.

16 — **Breughel** et **Franck**. — Les forges de Vulcain.

17 — **Breughel** (Pierre). — La marchande de lait.

18 — **Bril** (Mathieu). — Paysage d'Italie.

19 — **Bril** (Mathieu). — Paysage d'Italie.

20 — **Caliari**. — Portrait en buste de sainte Lucie.

21 — **Caliari**. — Portrait en buste de sainte Catherine.

22 — **Carré** (Henri).—Petit portrait du docteur Ludéma.

23 — **Courbet**. — Paysage accidenté et cours d'eau.

24 — **Craesbeke**. — Le médecin du village.

25 — **De Burbure**. — Vue de la Tamise, près de Londres ; grand nombre de navires et barques.

26 — **De Gelder**.— Portrait d'homme vêtu d'un manteau.

27   **De Heem.** — Homard, citron, pommes et raisins sur une table.

28 — **De Marne.** — Pâtres faisant passer un gué à leurs troupeaux.

29 — **De Vlieger.** — Navires et chaloupes en pleine mer.

30 — **De Vlieger.** — Vue de la haute mer.

31 — **Diaz.** — Paysage boisé ; effet de soleil dans une clairière.

32 — **Dietrich.** — Vieillard souriant à une petite fille.

33 — **Du Jardin** (Genre). — Concert de mendiants.

34 — **Du Sart** (Genre de). — Buveur levant son verre en saluant.

35 — **Duyk.** — Paysan à cheval traversant un gué.

36 — **Franck.** — La Madeleine repentante en prière.

37 — **Fris** (JEAN) 1665. — Mappemonde, crâne, sablier et autres accessoires.

38 — **Gaal** (B.). — Cantine à l'entrée d'un camp.

39 — **Goya.** — Une émeute à Madrid ; esquisse.

40 — **Gudin** (H.). — Vue du bassin et du port d'Ostende.

41 — **Hackaert** et **Wouwerman.** — Paysage boisé avec grand nombre de personnages ; halte de chasse ; à gauche, un cavalier.

42 — **Hals** (D'après). — Petit portrait d'homme.

43 — **Hèda**. — Jambon, bol de fraises, hanap, pain, etc. sur une table.

44 — **Hendrikx** (M.). — Groupe de roses entourant une buire en cuivre repoussé.

45 — **Horemans**. — Intérieur d'un musico hollandais.

46 — **Huysmans**, *de Malines*. — Paysage boisé et personnages.

47 — **Inconnu**. — Servante endormie.

48 — **Inconnu**. — Port d'Orient.

49 — **Inconnu**. — Ronde d'amours dansant.

50 — **Inconnu**. — Combat de cavalerie.

51 — **Inconnu**. — Paysage et crépuscule.

52 — **Inconnu**. — Combat de cavalerie.

53 — **Inconnu**. — Paysage montagneux; à droite, cavalier et personnages.

54 — **Inconnu**. — La déclaration.

55 — **Inconnu**. — Paysage, rivière, cavalier et vaches.

56 — **Jacobs** (François). — Une mère et son enfant près d'une table supportant des fruits et des fleurs.

57 — **Jacobs** (François). — Intérieur. — La dame au canari.

58 — **Koller** (Guillaume). — Intérieur moyen-âge à quatre personnages ; un peintre faisant le portrait d'une grande dame. — Très belle production de l'artiste.

59 — **Lokhorst**. — Paysage et canal avec barques.

60 — **Madiol**. — Intérieur hollandais à quatre personnages.

61 — **Madou** — Conversation politique ; deux personnages dans un intérieur.

62 — **Martin**. — Combat de cavaliers.

63 — **Mans**. — Barques et pêcheurs sur un cours d'eau.

64 — **Monper** et **Teniers**. — Paysage montagneux et personnages.

65 — **Monper** (Josse). — Paysage fond de rochers : à gauche, un autel, quelques moines et personnages.

66 — **Moreelse** (Paul). — Portrait à mi-corps d'un guerrier, daté 1637. Armoiries d'argent au chevron et à trois roses de gueules.

67 — **Moreelse** (Paul). — Portrait d'une dame hollandaise.

68 — **Nora**. — Cuisinière hollandaise.

69 — **Pécrus**. — Jeune dame occupée à peindre.

70 — **Peeters** (Bonaventure). — Naufrage près d'une côte rocheuse.

71 — **Pettenkofen**. — Le duel.

72 — **Ravestein**. — Portrait à mi-corps d'une dame hollandaise vêtue d'un riche costume avec fraise tuyautée.

73 — **Ribot**. — Bouquet de fleurs dans un vase.

74 — **Rombouts** (Th.). — Intérieur de cuisine hollandaise : grisaille ; effet d'hiver.

75 — **Ruthard**. — Sanglier attaqué par des chiens.

76 — **Saeys** et **Maas** (Dirck). — Cavaliers partant pour la chasse.

77 — **Savery** (Roland). — Paysage montagneux et chèvres.

78 — **Schalcken**. — Jeune femme tenant à la main une chandelle allumée.

79 — **Schalcken** (G.). — Portrait d'une dame hollandaise.

80 — **Schouten**. — Grand coq de Cochinchine.

81 — **Schouten**. — Grande poule. Esquisse.

82 — **Schouten**. — Les dindons.

83 — **Schouten**. — Petit paysage.

84 — **Schouten.** — Petit paysage.

85 — **Schouten.** — Vaches au pâturage.

86 — **Steenwyck.** — Intérieur d'une église gothique. Nombreux personnages.

87 — **Stévens** (AGAPIT). — La dame au collier ; elle est vêtue d'une robe bleu de ciel.

88 — **Stévens** (AGAPIT). — Jeune dame occupée à peindre.

89 — **Swaneveld.** — Paysage montagneux et cours d'eau.

90 — **Swaneveld.** — Paysage accidenté et personnages.

91 — **Titien** (d'après). — Buste de Léda.

92 — **Van Balen.** — Amours jouant avec une chèvre.

93 — **Van der Borcht.** — Petit portrait d'homme.

94 — **Van der Poel.** — Brigands pillant et incendiant un village.

95 — **Van de Velde** (le vieux). — Vue maritime devant Dordrecht. — Le salut du navire.

96 — **Van de Velde** (W.). — Navires en pleine mer.

97 — **Van Dyck** (d'après). — Buste d'homme.

98 — **Van Dyck** (J.). — Les ruines du Franc de
Bruges.

99 — **Van Goyen**. — Grand paysage maritime : tour
élevée à droite.

100 — **Van Huysum** (J.). — Bouquet de fleurs variées
dans un vase.

101 — **Van Nikkelen**. — Intérieur d'une église hollandaise.

102 — **Van Son** (J.). — Groupe de fruits entourant un
sujet en grisaille.

103 — **Van Son**. — Pêches, figues et raisins sur une
table.

104 — **Van Tol**. — Vieille femme faisant des crêpes.

105 — **Vanutelli**. — Enfant tenant des raisins.

106 — **Van Yperen** (KAREL). — La Cène.

107 — **Verstappen, 1824**. — Vue des Cascatelles de
Tivoli.

108 — **Veyrassat**. — Cheval de trait harnaché.—Intérieur d'écurie.

109 — **Vrancx**. — Bataille de Lekkerbetje.

110 — **Weenix** (J.-B.). — Gibier mort ; lièvre, poule,
perdrix, bécasse et ramiers.

111 — **Wyntrack**. — Paysage boisé et personnages.

112 — **Ecole italienne**. — Atelier de lavandières.

113 — **Ecole italienne**. — Sainte Marie-Madeleine.

114 — **Ecole italienne**. — Saint Roch. — Cadre sculpté.

115 — Portrait du comte d'Egmont.

116 — Paysage maritime. — La chute de l'âne.

117 — Judith tenant la tête d'Holopherne.

Typ. Vᵉ Ed. Prignet, Lacour et Cⁱᵉ, à Valenciennes.